東京四季出版

中田水光

句集　しっぷうもくう

# 櫛風沐雨

# 櫛風沐雨❖目次

装幀　高林昭太

# 句集
# 櫛風沐雨

しつぷうもくう

# 新年

欠伸して手足を伸ばす達磨市

唾付けて手に縒りかくる注連飾

元旦もところかまはず創痍膏

気がつけば老斑ふたつ年を踏む

犬死をななたび重ね去年今年

初鶏や鎮守着くまで長鳴きを

馬の眸に雲ひとつなき初御空

天高く昇る初日に願掛くる

わが立志ひとより遅れ恵方道

御降りや五十歩百歩寝てすごす

片雲に少し欲湧く初御空

初筑波わが町からは夕茜

初御空紫煙まつすぐ莨盆

繋がれて初《はつ》澪《みよ》をゆく達磨船

その後も寝溜決めこみ初寝覚

武蔵野や峠も嶽もある初日

老いぬれば瓦斯も焚き木に初炊ぎ

ひとり身は神の相伴雑煮餅

両の手で口拭ひをる嫁が君

ふんだんに時刻《とき》を使ひし松の内

はしけやし初湯のならひ長幼序

初夢の途中羽根得て遊泳す

関八州全貌ぐるり初湯殿

御宿を借りて初湯にあづかりぬ

初富士やくのいち文字の登山道

爪剪り湯我れら蝦夷の南部杜氏

鏡餅田の字四の字の寝間仏間

四海《しかい》波《なみ》ことさら売れる破魔矢かな

反り合はぬ人とやむなく御慶かな

遠くゐて不思議思はず初電話

初荷積む地軸まで行く砕氷船

書き初めや思ひもよらぬ忌中札

喰積も通夜振る舞となりにけり

無住寺のはずがあまたの名刺受け

死化粧と気づかぬやうに初化粧
初便り訃報が先に届きたり

般若心経文字の数だけ若菜摘む

銘木の下に群れゐて若菜摘み

沢庵をひときれ添へて薺粥

胸突きの参道ばかり福詣

幣帛の乗りし白馬《あをうま》引く節会

インク壺より吸引し稿始め

うしろから読み始むるがわが習性《ならひ》

初鍛冶の水を火にして向かふ槌

ひとつぶの喉飴召され語り初め

繭玉や家にのこれる糸車

海内がにぎやかとなり初稽古

胸に畳みこむものなくて初座敷

五十肩とうに過ぎたる弓始め

発車するバスを追ひかけ初門出

平成がいつまで続く謡初め

高齢者といへど老齢福詣

胃袋に水がシャプチャプ大師粥

初寄席や破天荒なる師無き世

恨めしげなる怨霊の初歌舞伎

山のあなあな繰り返し初授業

香煙のうつり香のある大師餅

呪詛の名を書きし護摩木を初不動

背水の布陣で対す絵双六

初場所や蒙古斑なき大力士

おのが顔塩の手で張る初相撲

手を放ち飛翔《とびたつ》気配出初め式

大磯の浜で綱引く裸衆
一点に渾魄《こんぱく》あづけ梯子乗り

現実に戻る生活花の内

初旅やにんげんみんな西に行く

十二書き数珠を片手に調伏す

むくむくと畑に道生れ土龍打ち

毒少し残してくれと初料理

水ややも動き出でしか初霞

初護摩の火の粉殊更後夜の加持

山門を開き楼上より皇都

# 春

呼吸する物ぷくぷくと水温む

蘆の芽の首出してゐる遊水池

野を焼くはまだうら若き農婦かな

腰痛がまたも疼くや寒戻り

春障子影絵かぼそき鳥獣

春の雁そのまま残る腹心算《はらづもり》

つれだちて野に偕老のげんげん田

遂に棲むひともなくなり山笑ふ

閉ぢ込めることできぬ猫北開く

仰むけに白球を追ふ春の雲

若鮎の巖《いわ》を上手に避け昇る
野遊びのゆきつくところ君が家

どこに行く母に連れられ春衣《はるい》の子
おのづから身を引きしかな落椿

うつかりがすつかりとなり春休み

名残り雪やんべいですと世辞交はす

捨て城に訪ふ人もなく春時雨

蒲公英の絮の飛ばしこぽぽ競ふ

大いなる春水尾引きつはしけぶね

紙吹雪さながら春の甲子園

風に乗ることを覚えしつばくらめ
寝て待てば花の果報も届くらむ

花八分臆する気配なき裸像

右とれば桜づつみの旧街道

からうじて花のあとさき散らば塵
水鳥の振り分けてゆく花筏

奥山の桜咲きぬと送電線

飛花落花追ひ立てられて北帰行

桜蘂降る廃線の北の駅

春泥の道がまだある奥州路

右は春左は雪とみちしるべ

潜り抜け花の隧道卒業す

恋猫の奈落の果ては屋根地獄

ひと動き始めてはやみ春田打

春耕やこれより先は這ふ仕事

しばらくは畦に腰据ゑ春霞

能筆に惚れてすぐ買ふ種袋

享保の雛はすこしく下膨れ

内裏雛こはごは覗く襖越し

はぢらひつ少し汗ばむ燭の雛

頭骨に石たくましき桜鯛

うたたねを許してしまふ日長閑

風船をそつと子どもに置き薬

幅《ばか》棒《ばう》を巧みに使ひ種を蒔く

春の川藍の里より流れ来る
撫でられる仏のおはす霞み山

戦なく古稀を迎ふる雪ねぶり
宮城の空にさすらふ春の雲

彼岸会の下駄に着き来る小田の土

菜の花や親守歌のはやり唄

田螺鳴く畦に昼餉の老ふたり

馨しき草をむすびて罠仕掛け

永き日や秩父はぐるり機《はた》の音

魚寅とまことその名や壺栄螺

風に伏しはた傲岸に姥桜

帰る雁湾をたひらにして渡る

先発は物見の隊や鳥雲に

街の灯が揺れて波頭に東風《こち》岬《みさき》

砂までが園春潮の寄する灘

致仕しての巷間歩き翁草

魚の名の書かれし茶碗さくら餅

春光の漏るる節穴写す景

おおーいと呼び木霊かへらぬ春の山

藤房のごとく袱紗をすいと立て

吉野路を二人静が追ひし由

雲珠桜鞍馬貴船の走り水

実朝忌暗剣殺といふ凶事

揚雲雀空を二分し奪ひ合ふ

職人は肘にて締むるお屋根替へ
大空のものみな映し水の春

閉ぢ込める空気を競ふ水圏戯

山水を須《もち》ゐず春の夢次第

# 夏

花は葉に茶屋より漏るる三味の音

湯を浴びるやうに牡丹の崩るる夜

葉桜や道化作家の落ちし川

行間に小さき虫ゐる五月光

楸邨の師は秋桜子麦の秋

桐の花天日に干さる簞笥板

春日部は治部部少輔の踏む茅の輪

すは変時坂東武者の青嵐

海面を網引く漁船とびら漁

灯台に雲切れ切れとなり卯波

縛られし糸の食ひ込む粽解く
一陣の風得て逸る鯉幟り

朴散華色褪せてゆくこの世かな

蕗採りに屋敷林抜け小暗がり

胡瓜摘む棘の悪意をゆびのさき

走り茶をたつぷり未来ある教師

からくりの坊主が運び来る新茶

起きあがり小法師のやうに古茶柱

ふもとより六根清浄山開き

出羽三山神の鳥居は青田中

要なき身なれどされども蚊帳の外

蝸牛つのを頼れど道迷ひ

竹植ゑて山柿《さんし》に遠く及ばざる
すぎし日のことは忘れて今年竹

落し文とは踏みつけの葉屑かな

刺《とげ》矯めしこと幾許の薔薇の花

不届きな者がはびこる夏来たる
緑蔭も繁りたりずや陽を漏らす

山門を閉ぢて看経余花残花

渓谷を抜け列車ゆく青若葉

鳴き声のこちたきばかり羽抜鶏

甚平着てよくぞ亡夫に似て来たる

陋屋に子は住まずして夏の月

マネキンの水着きせられ立たされる

蔵出しの山車の輪のみが炎天下

白地着て籠らば在家修行僧

ひと息に麦酒飲み干す喉仏

軋ませてゆつくりゆくや鉾の稚児

猫が顔撫でたるゆゑに夕立来る

だんだんと泡《あぶく》いや増す日向水

演壇の机上に置きて水売女

西国の浜昼顔の淡く濃く

戒名の無き名識るせし礎《いしぢ》南風《はえ》

浜木綿や人頭税の標識碑

子どもらに蚊帳吊草を組ませけり

このあたりもとは色街花魁草

勢ひのよき噴水の風ながれ

孑孑をつついて遊ぶ鰥夫《やもを》かな

ひとの世も藪蚊も刺さずなる齢

片陰をえらび一列下校の子

風薫るトロッコ列車に押し込まる

一斉に専用列車降り日傘

目覚めてもここは苦界や三尺寝

もて余す荒鵜の縄の十二本

川音の近し簗守藪住ひ

もて余す命の茂り大夏野

耳に手を当てて水出す海開き

夏帽の顎紐目深か国守り

目を伏せてやりすごしたる羅衣

無雑作にベルトに挟み汗拭ひ

漬茄子の紫色深まり嫁がぬ娘

蟬共のふと鳴きやんで哺時の昼

沙汰告げに来るかはほりの翻り
草蔭に身を寄せながら通し鴨

さりながらさうしてをれず田草取

畦の木の裏よりぬつと夜水番

水盗むことなどをしへ秋津島

つくづくと端居の端に遷りし身

一瞥し隙をうかがひ蠅叩き

月下美人九尺二間の裏長屋

風炉手前茶杓にしかと節のあり

早苗饗のうたげ見てゐる苗の束

# 秋

糠床に塩ひとつまみ足す初秋

秋めくや川面しだいに底をつく

涼新た木に鳴きし虫草に鳴く

秋来たるこれに勝りし辞書枕

新涼や蛸足吊るす由比ヶ浜

人間もかをり持ちたる今朝の秋

軒深き秋陽を店に招く猫
つぎつぎと郵便受けの秋の音

町の名も川も古き名流燈会

亡きひとを呼び戻すため墓洗ふ

亡き人がわが家素通る浜施餓鬼

名を持たぬ子の魄いづこ魂迎へ

提灯の中でぢぢばば語る盆

霊棚の下は水子の帰る場所

酒になる水の湧きたる噴井かな

簗床に取り残されし下り鮎

海の香のほのかに秋の潮の壺

秋の海小貝打ち寄す軀《むくろ》浜

焼《やき》石《いし》にする石探す秋の浜

足跡に湧く潮不憫秋の浜

秋風に暖簾しまひつひとり言

振り売りの喇叭寂しや星合ふ夜

天上はどこが終着銀河駅

秩父路の星合ふ夜の高嶺星

草臥《くたび》れる日曜農夫鹿火屋守

玻璃の器の触れあふ音や露の宿

越えて来て秋思と言へずこのくらゐ

胆石もわが身のひとつ露ひとつ

鼻眼鏡かけてはずらし秋灯下

庭座して石に置く露無二無三

流し目をして行く犬や曼珠沙華

待ち惚け知りつつ垂らす鯊日和

つれづれにひぐらし眺め松手入

怪談の佳境に入るや茶柱虫

馬追や日の落つるまでひと仕事

一途さを狂へりと言ふ夜なべの灯

そら耳と思ひし薄暮蚯蚓鳴く

備へたる障子襖を入れ牢固

熊さんを弔ふ通夜の鉦叩

草摺のやうな音立て轡虫

軽鴨の親子の棲み家菱紅葉

兜首振るやに名乗り鵙高音

やるまいぞ柿盗人を追ひて暮

大曲りして隧道に青蜜柑

さうださうだ京にのぼらむ薄紅葉

長き夜をひとり文字書く音だけが

天眼鏡ふたつ重ねる夜長の灯

天金の本を探すや秋の書肆

老人の迷ひ子告げる文化の日

この町に長い付き合ひ野菊道

海みえるまで棚田ゆく稲架襖

豊かなる長者をるなり稔り畑

ひとの行く方にかたむく秋の暮

寂しさと背いくらべする秋日和

年《とし》々《どし》に耕地狭まる草錦

三条の刃物が佳しと豊の秋

早稲晩稲ふたつき違ふ刈田かな

籾を焼くこれも仕事といふ農夫

どの田にも落穂拾ひの影みえず

暗きより湧き出て蛸集阿波踊り

刈り跡の株踏みながら稲架仕舞

停年の無き職辛《つら》し温め酒

長寿眉みんな歳とり温め酒

沼太郎《ぬまたろ》のやうにぬけぬけ返し言

嫁ぐ気はさらさら恥ぢず秋祭り

水色のやうな人生秋の宿

柚子ひとつ灯してうれし夕餉の香

逸り雄をなだめて押さへ塒《とや》出《で》鷹

日々未知のことに目を向け身に入むる

歳を経て寡黙となりし小鷹狩り

しらしらと水より明ける風の盆

痰切りは磐城の飴よ雁渡し

# 冬

大災のこと口にせず牡蠣打ち場

音立てず釣瓶落しに野良仕舞ふ

遅れとりのつぴきならず神無月

徒情けゆゑにきずつき神渡し

足洗ふ盥を土間に神迎へ

夜焚火や河原で暮らすほがひびと

茶の花や鍬のゆきつく境ひ株

冬夕焼まつかな地蔵涎掛け

石粒が孤独な泣き音冬の庭

築山も滝も流れも川普請

窓の辺に獣来る旅枯野宿

お隣りに声掛けて入る日向ぼこ

埋み火のごとくに蔵すもののふみ

鎌鼬村のはづれの墓地を抜け

掛け大根みんな真白きふくらはぎ

銭湯の煙突ゆがみ街小春

雪庇除けの蟹のごとくに尾根渡り

ふた股に男の子のしるし大根抜く

なんとなく雨脚やさし小六月

妙案の浮かび来るまで炬燵猫

大海の端にすなどる都鳥

枕木を踏みて入山名の木枯る

外套に命をつなぐ常備薬

発破音ひがなの余韻山眠る

拙を守《も》り節を持するや漱石忌

次に来る大白浪の波の花

膝掛けや居眠り出でし浮世床

冬苺あしたゆふべに風溜り

咳込めば痰切り飴を升《のぼ》さんも

短日や落ちずに坐る達磨首

枯はちす過疎のわが町名は蓮田

ベルの鳴るああ上野駅雪催ひ

冬耕のはるかな先にまたひとり

槖《つ》吾《は》の花籬《まがき》に咲かせ寡婦住まひ

小春日やまぼしさうなる犬と猫

渡世人稼業は言はば佐倉炭

木枯しやあたふた通る湾岸署

渓涸れて音しなくなる水車小屋

煮凝りやあの頃の飢ゑ閉ぢ込める

鷹匠の親許離る蒼鷹

冬ぬくし掘り出され坐す若狭仏

黒板の手を止め窓の牡丹雪

着ぶくれて寒山拾得不精者

コーランはまことむごい書針千本

残り香の移りし蒲団花袋の著

痴楽節たどりつ雪の山手線

雪国の百年民家にゐる駒子

突つつきの傘張り長屋隙間風

雪明りここまで届く仏の間

新雪の乗鞍岳は神の騎馬

正念場迎へ梢足す登り窯

雪坊主茶碗の中にうつる顔

安《やす》店《だな》と呼ばれ物売る氷橋

崖氷柱秩父の民の守り棚

寒星のもとでしがない梯子酒

一《いち》木《ぼく》のやけに膨らむ寒雀

餅を搗く昔話しの臼と杵

大仏のてのひらに乗り煤払ひ

丁重に鼻の穴をも煤おろし

活火山死火山どれも煤払ひ

寒卵なかにうつろな部屋がある

寒月や背高き僧とすれ違ふ

冬の月叶ふはずなき観覧車

序列あり軍歌で終る年忘れ

年の瀬のいつも変はらぬ神用意
数へ日やひとり笑ひとひとり言

だれひとり待ってはくれぬ暦果つ

竹馬や生涯といふこの歩幅

餅を焼く網目の残る焼き加減

達磨市買はれてゆくや日脚伸ぶ

夕日差す刹那山めく藪柑子

雪乗せて上野に入る夜汽車なく

# 拾遺

しぐるるや一期一会の旅役者

もってのほか　十六句

能登の海冬鳴神の降りる夜

朽《くだら》野《の》や夜が寂しと安達原
いましがた通りすがりの霙雨

枯蘆をそつと抱きて寝に付かす

敦盛が取つて返せし冬の海

湯豆腐や眼鏡はづして老の宴

四肢もちて探りあてたる蓮根掘り

かけまくもご紋かしこき菊を焚く

板丁がねんごろに剝ぎ狸汁

電車来てとどまる位置に霜見草

寝たふりの上司にそつと肩蒲団

天辺がにぎにぎしくも蜜柑山

老若の遺体がふたつ鎌鼬

でこぼこの冬至南瓜が土間控え

天下様もつてのほかを召し給ふ

盆の月　十六句

鷺一羽翔び立つ野田の夕月夜

月の夜の橋の四本はひと柱

鼻筋をさすりて諫め月の駒

名月や見沼といふ名ある小沼

良夜なり酒盛りはじむ無宿者

しばらくは襖はづして小望月

歩くたび首を突んだし真夜の月

棚御霊かへり月夜の証誠寺

盆の月墓守り役がつひの職

いざよひの背戸に出づれば屋敷神

ひとのゆく処はあの世月に雲

茶臼挽きをればおのづと居待月

おごそかに鬼神目覚むる寝待月

無月なる闇に弓射る騎馬の武者

覇者いつも滅びるならひ月の雨

余生とてつれづれならず後の月

琉球の秋　八句

上陸のあの日も野分け甘蔗畑

菊日和り今も御国の楯となり

ひめゆりの塔に献ずる菊づくり
語り部の声に秋風すすり泣く

がまといふ深き洞窟秋日差す

登高や地下に海軍機密壕

秋風の届きしや否司令室

戦闘機雲はややにし鰯雲

通勤列車　十六句

あぢさゐや素通りをせしことを悔い

東国のあまねし水を引き青田

わが町は溜池あまた蓮あまた

常若のはずの芳香朴散華

坂東は土用太郎の荒仕事

あふれ咲きても忘らるる都草

鴟尾のなき吾嬬路の寺土用灸

拳ほどほぐれほごしつ蓮見茶屋

稲魂は今宵宿りぬはたたがみ

捨て夏蚕なほも繭なすかの意気地

海の家見合はせてゐる算段師

潮の香を街に運び来夏の運河《かは》

遊び船波止場の麒麟寝入る頃
後ずさりして苦潮に乗る巨船

沮喪して棒立つのみのヨットかな

潮騒や自立するまで波に乗り

血煙り荒神山（関東秋葉神社総鎮守）　十六句

みちづれのひとと薫風幟りまで

参道にいつもの屋台余花残花

青時雨臼《うす》杵《きね》を売る野路の端

武蔵野に太鼓のひびき柿若葉

をはるまで傘さしてゐる植木市

ぼうたんに魅入りてつれに叱らるる

火《ほ》之《の》迦《か》具《ぐ》土《や》姫神祀る春神楽

ひよつとこに手招きされて木下闇

おほらかな醜女の仕草祭《さい》佳《か》局《きよく》

どつとこむ火伏せの神の鞴《ふいご》祭《さい》

屯してまだあどけなき新社員

鬼平の手下が各所に春荒神

その道のらしき一団春祈願

もめごとになりそな気配青葉寒

血煙りのあがるを鎮め青葉雨

鎧戸をおろしどの家も青若葉

# 言志四録に学ぶ

「若いものは老いる。新しいものは古くなる。形あるものは滅びる。これは如何ともなしがたい自然の掟である。」

これは武相荘という古民家に住んで、「もののあはれ」を実感した白洲正子のことばである。

一方、幕末の鴻儒に佐藤一斎という人がいた。七十歳で昌平黌の儒官となった。安政六年（一八五九）九月二十四日に享年八十八歳にて官舎で没した。明治維新をさかのぼること僅か九年であった。この年は一月に清水礫洲、二月に杉田成卿、四月に黒沢翁満、七月に野田笛浦、八月に鶴峰戊申、九月に梅田雲浜、十月に原采蘋、同月に橋本左内、頼三樹三郎、吉田松陰、十一月に長沢伴雄、また別に斉昭と慶喜は押込謹慎。日本の頭脳碩学の多くが卒した。

文化十年（一八一三）、先生は四十二歳の時に『言志録』を書いた。文政十一年、五十七歳で筆を起こし、十年間で『言志後録』を書き上げた。六十七歳より七十八歳までの間に『言志晩録』をまとめた。八十歳で起稿し、二年後に『言志耋録』を出版した。これを総称して『言志四録』と言っている。

一斎先生の門に学びし者は数千人、その中に、佐久間象山、安積艮斎、大橋訥庵、横井小楠、中村正直、勝海舟、坂本竜馬、吉田松陰、小林虎三郎などがいる。松陰の門に学びし者、乃ち孫弟子に高杉晋作、久坂玄瑞、木戸孝允、伊藤博文、山県有朋などがいる。

中でも、維新の偉傑である西郷南洲は、この『言志四録』を愛誦し、その中から会心の百一条を抄録して、金科玉条として座右の箴《いましめ》としていた。南洲のみならず多くの維新の志士に愛読された。一斎先生の言は無論志士の行動指針でもあった。

したがって、一斎先生は直接間接に明治維新の原動力であったと言えよう。中でも南洲は「学は一生の大事」の一文を銘に刻んでいた。

少にして学べば、則ち壮にして為すこと有り。
壮にして学べば、則ち老いて衰えず。
老いて学べば、則ち死して朽ちず。

この文章は大変有名であるが、朱子の編著に『近思録』があり「為学類」に、

学ばざれば、則ち老いて衰う。

とある。頭脳を使っている人は長生きであるとも言える。健康にもよいわけ

だから、即ち、
老いて学べば、則ち寿《いのちなが》し。

ということもできる。若い者は老い、新しいものは古くなる。もっともなことである。私は今でも櫛風沐雨の毎日である。

何事かを為すには人生は短すぎる。

何事をも為さずと思えば人生退屈すぎる。

こんなことを嘯いているうちに間もなく古稀を迎えようとしている。

三十歳から俳句を詠み続けて四十年を迎えんとしている。日々是好日というわけにはいかず、日々修羅道を生きている。冥府魔道とは申さず、がさすがにそれに近い毎日である。

この句集には、そうした思いを四三二句収めてある。

東京四季出版の三十周年を祝う大切なシリーズに加えていただきながら、こんな思いと忸怩たる思いしか述べられないことを恥じている。

わたし自身、明治十八年の築百三十年の陋屋に住しているが、白洲正子のように「もののあはれ」を感じることはできない。

佐藤一斎の『言志四録』のうち、『言志耋録』にはこう書かれている。

余、今年、齢八袠《ちつ》に躋《のぼ》るも、耳目未だ太《はなは》だ衰うるに至らず、何ぞ其れ幸なるや。一息の存する、学廃す可きに匪《あら》ず。単記して編《へん》を成す。呼びて耋録《てつろく》と曰う。

なんとわが無知を知らされた。耋録を耄録と思っていた。「もうろく」である。遂に八十歳をもって一斎先生も耄碌なされたか、諾なるかなと思っていた。しかし八十歳でこの書を成しましたよ、ということである。

俳壇は五十歳までが新人である。況んや八十をやである。古稀などという年齢はいまだ青二才であるのだ。なんと我が身をなげくなかれ、杜白詩聖の古詩にいう、白頭かけば既に三千丈などは昔のことである。

西郷南洲は、この書を終生の愛読書、この書の言を座右の銘としていたのであった。「小せえ、小せえ」という氷川のご老台の清話がどこからか聞こえて来そうである。

一斎先生は八十八歳の長寿を得られた。大漢学者の諸橋轍次先生は九十四歳まで仕事を現役でなされた。清水寺の大西良慶貫主は百七歳であられた。

山田無文禅師が若い時に結核を病まれ、それを救われたのが、浜名湖の金地院の河野大圭和尚であった。その時に大圭老師は山田無文禅師にこう言った。

フン、管長だの老師だのとぬかしおって、

病気をするような奴はみんなにせものじゃ、

ほんまの坐禅をしとらんのじゃ。

禅の巨匠には九十歳以上の方が大勢おられる。植木憲道老師も九十六歳まで生きられ最後まで知力も衰えなかったと言われている。

孔子は「仁者は寿《いのちなが》し」と言っている。前文は、

知者は水を楽しみ、仁者は山を楽しむ。

知者は動き、仁者は静かなり。

知者は楽しみ、仁者は寿し。

それでは長寿の秘密とは何か。「心に罣礙なければ恐怖あること無し」という考えである「故心無罣礙無罣礙故無有」ということが長寿の一里塚と思われるのである。儒者であれ、仏者であれ、俳人であれ、こころのしまつがつけば長寿疑いなしということなのだろう。一斎先生は「耋録」であって「耄

録」ではないとも言っている。『言志耋録』の「老人の修養六則」があるので記す。

老人は気急にして、事、速成を好み、自重する能わず、含蓄する能わず、又妄に人言を信じて、其の虚実を察する能わず。警めざる可けんや。

老人はよくよく自ら戒めなければならない、と言っているのである。まことに恥ずかしき限り、迷妄甚しきわが生涯である。そこで一斎先生のお弟子の伊勢外宮神官、足代弘訓の「自警」の語を思い出した。

一、人をあざむくために学問すべからず
一、人とあらそうために学問すべからず
一、人をそしるために学問すべからず
一、人を馬鹿にするために学問すべからず
一、人の邪魔をするために学問すべからず
一、人に自慢するために学問すべからず
一、名を売るために学問すべからず
一、利をむさぼるために学問すべからず

日常の平凡な生活をして来た。旅をする機会もなかった。妻も一度も旅に出てはいない。祖父母、父母を在宅看護をして看送った。

毎日、畑と田圃の野良仕事に従事している。私も四十七年間働き続けている。一斎先生も八十八歳で亡くなるまで林家に仕え、十九歳で藩主松平能登守乗蘊《のりもり》の第三子（先生より五歳年長）の子姓となり二人で学問を学んだ。やがてこの主君の子は擢んでた優秀者であったところから、幕命により官学の泰斗大学頭、林簡順の養嗣子となり、大学頭林述斎となった。一斎はこの時二十一歳で一時巌邑藩の士籍を脱し、上方で学問を修め、二十二歳で江戸に戻り林簡順の門に入り、儒をもって身を立てることを決意された。

簡順卒して後、ふたたび幕命により述斎が大学頭となるや一斎は改めて師弟の礼をとり、三十四歳で塾頭となり、五十五歳で巌邑藩の老臣に列した。一斎が七十歳の時、述斎が七十四歳で卒去されたので大学頭となり八十八歳で没せられた。実に一生学問に努められ昼夜分かたず励み、泰山北斗と推称され景仰され「陽朱陰王」の評を受けたのであった。

『言志四録・㈠言志録』に「立志も亦之れを強うるに非ず。只だ本心の好む所に従うのみ」とあるので少々安心したが「立志の功は恥を知るを以て要と為す」とある。この言は実に厳しく耳痛い教えである。しかし福沢諭吉は「人生は芝居の如し、上手な役者が乞食になることもあれば、大根役者が殿様になることもある。とかく、余り人生を重く見ず棄身になって何事も一応になすべし」と言っているのでひとまず安心した。

太上は天を師とし、其の次は人を師とし、其の次は経を師とす。

これは一斎先生の言である。かの大西郷は「南洲遺訓」で一斎先生のこの言を「人を相手にせず、天を相手にせよ。天を相手にして、己れを尽て人を咎めず、我が誠の足らざるを尋ぬべし」と言っている。いずれにしても右往左往、右顧左眄の毎日で、思い出すたび、読むたびに冷汗三斗にとどまらず、汗顔赤面の至りである。

# あとがき

『櫛風沐雨』は『太白』（角川21世紀俳句叢書）に続く、私の第三句集である。わずか一年半の作ゆえ、もとより内容稀薄ではあるが、東京四季出版の慫慂に従い刊行に至った。この度は常日頃ご高誼に与っている片山由美子先生に身に余る帯文のお言葉を賜った。また東京四季出版の松尾正光社長、特に西井洋子氏、弦巻ゆかり氏には多々ご面倒をおかけした。記して感謝申し上げる次第である。

平成二十六年八月三十日

中田水光

著者略歴

# 中田水光（なかだ・すいこう）本名　雅敏

昭和二十年六月四日、埼玉県南埼玉郡河合村馬込に生まれる。
昭和五十二年「浮野」主宰・落合水尾に師事。毎日新聞鷹羽狩行選に投句。
昭和五十三年　鷹羽狩行主宰「狩」に出句（三年間）。
平成二年　第一句集『蓮田』俳人協会新人賞最終候補。
平成五年　『芥川龍之介の文学碑』埼玉文芸賞受賞。
平成七年　『芥川龍之介文章修業』俳人協会評論新人賞受賞、埼玉文芸賞。
平成十年　「浮野」退会、「雅楽谷」俳句会を開始。
平成十五年　角川『俳句』通信添削講座講師（平成二十五年まで）。
平成十七年　「雅楽谷」発行、主宰。

句集　『蓮田』（牧羊社）『歳華悠悠』（東京四季出版合同句集）『太白』（角川書店）
俳句随筆　『帰農歌耀』（蝸牛社）『幻の花』（角川書店）
研究書　『俳人芥川龍之介』（近代文藝社）『芥川龍之介の文学碑』（武蔵野書房）『芥川龍之介文章修業』（洋々社）『横光

利一』（勉誠出版）『芥川龍之介 小説家と俳人』（鼎書房）
『高浜虚子』（勉誠出版）『漂泊の俳諧師小林一茶』（角川書店）

教育評論　『家庭は子どもの教育の原点』（勉誠出版）『教育改革のゆくえ』（新典社）

教科書　『文学に表れた家庭家族・日本編』『文学に表れた家庭家族・西洋編』『日本文学概論』『伝統文化の継承・和歌文学』『伝統文化の継承・俳諧文学』『家庭の中の文学』『水資源と地球環境』（以上七編・角川学芸出版）他多数。

編著　『衣・食・住』（飯塚書店）『芥川龍之介・蝸牛俳句文庫』（蝸牛社）『インターネット大学で学ぶ家庭教育学』（勉誠出版）高等学校国語教科書　他。

小説　『現代作家代表作選集3』（鼎書房）『現代作家代表作選集6』（鼎書房）。

現在　俳人協会会員、日本文藝家協会会員、日本ペンクラブ会員、国際俳句交流協会会員。八洲学園大学教授、韓国韓瑞大学客員教授、中国厦門大学客座教授。

現住所　〒349-0114　埼玉県蓮田市馬込一八五〇（四―六二）

俳句四季創刊30周年記念出版 **歳華シリーズ18**

句 集 **櫛風沐雨** しつぷうもくう
発 行 平成26年9月15日
著 者 中田水光
発行者 松尾正光
発行所 株式会社東京四季出版
〒189-0013 東京都東村山市栄町2-22-28
電話 042-399-2180 振替 00190-3-93835
印刷所 株式会社シナノ
定価 本体2800円+税

 ISBN978-4-8129-0776-4 Printed in Japan